KB011118

통일, 안녕하십니까

마이노리티시선 41

통일, 안녕하십니까

지은이 〈객토문학〉 동인
펴낸이 조정환
책임운영 신은주
편집부 김정연
홍보 김하은

펴낸곳 도서출판 갈무리 등록일 1994. 3. 3. 등록번호 제17-0161호
인쇄 2014년 11월 11일 발행 2014년 11월 21일
종이 화인페이퍼 출력 경운출력·상지출력 인쇄 중앙피엔엘
라미네이팅 금성산업 제본 일진제책

주소 서울 마포구 서교동 375-13호 성지빌딩 101호
전화 02-325-1485 팩스 02-325-1407
website http://galmuri.co.kr e-mail galmuri94@gmail.com

ISBN 978-89-6195-086-2 04810 / 978-89-86114-26-3 (세트)

값 7,000원

이 시집은 경남문화예술진흥원으로부터 제작비 일부를 지원받아 제작되었습니다.

이 도서의 국립중앙도서관 출판시도서목록(CIP)은 서지정보유통지원시스템 홈페이지(http://seoji.nl.go.kr)와 국가자료공동목록시스템(http://www.nl.go.kr/kolisnet)에서 이용하실 수 있습니다. (CIP제어번호 : CIP2014031455)

통일, 안녕하십니까

〈객토문학〉 동인 제11집

갈무리

11집을 내며

모든 게 '마음'뿐이라고 10집을 내며 자성自省했던 게 엊그제 같은데 또, 자성이다. 자위自慰가 지금 필요한 게 아닌 줄 알지만, 우린 너무 쉽게 스스로를 놓아버리고 용서하느라 하루가 바쁘다. 1년이 흘렀다. 변한 것은 없다. 그렇다고 제자리를 지키고 있는 것도 아니다. 무엇이 문제인가?

문학의 효용성에 대한 논의는 어제오늘의 일이 아니다. 독자와 단절된 작품이 작품으로서 갖는 위치는 어디쯤일까? 문학은 제 홀로 서 있어도 되는가? 생산자와 독자의 거리는 어느 정도여야 적당한가? 다시 말해 왜 시詩를 읽지 않는가 하고 독자를 탓할 것이 아니라 생산자에게 문제가 있는 것은 아닌가? 즉 읽힐 수 있는 시를 써야 하지 않는가? 이렇게 간단하게 물음을 던져보면 〈객토〉 동인들은 생산자와 독자와의 관계를 어떻게 생각하는가? 어느 때보다 고민을 했던 한 해였던 것 같다. 세월호가 침몰하고 암담한 여섯 달이 지났지만 시가 할 수 있는 게 별로 없다는 것이 우리를 괴롭게 했다.

매년 시대의 복판에 서려고 하지만, 어중간하게 한 발을 걸치고 그것만으로 위안을 삼고 있는 것이 오늘 '객토'의 현실이다. 이제 다짐 같은 것은 나이에 걸리고 더 나아가 굳어버린 관절이 거부하고 있다. 그래도 시를 써야 한다면 어떤 시를 쓸 것인가? 이 물음이 동행이 된 지 오래다. 그런데도 알 수 없다. 동행의 마음을.

이번 11집에도 기획을 통해 현실에 참여하고자 했다. 분단된 조국을 생각했다. 분단의 현실이 이 땅에 미치지 않는 곳이 없다는 것을 이미 잘 알고 있다. 그래서 머리를 모아 현실적인, 나아가 실현 가능한 통일을 생각해 보기로 했다. 과연 우리 민족 스스로 통일을 할 수 있는가? 우리가 통일을 하고자 한다고 통일이 되는가? 통일 독일을 생각해 보면 답이 나온다고들 한다. 과연 그런가? 이런 여러 가지 생각들을 통해 우리가 찾은 답은 가슴만 울컥하는 감상적인 통일이 아니라 이성적이고 현실적인 통일에 대해, 딱딱한 구호가 아니라 삶에 바탕을 둔 따뜻한 통일시를 쓰는 것이었다. 많은 분이 참여해 주셨다. 고영서, 김양채, 김영곤, 김연희, 김진희, 박구경, 박영희, 양곡, 이월춘, 이종수, 이철산, 장인숙, 정선호, 조선남, 최종천 시인님께 감사드린다. 그리고 통일에 대해 어떤 생각을 가지고 있는지 시를 쓰면서 느꼈던 생각을 자유롭게 이야기해 보는 것으로 좀 더 현실적 통일에 다가가고자 했다.

누가 뭐래도 우리의 소원은 통일이다.

2014년 10월

〈객토문학〉 동인

차례

詩와 詩

안녕하지 못한 통일에 대하여

통일 그리고 통일

조선남 · 가창 땜

고영서 · 노래의 날개

김양채 · 길

김연희 · 비무장지대에서

김영곤 · 제비꽃

김진희 · 압록강에 배를 띄우다

노민영 · 굶주린 개도 자존심이 있다 / 통일은 노리개가 아니다

문영규 · 돈의 통일 / 대박의 꿈 뒤편으로

이철산 · 까마귀

박덕선 · 민방위 훈련 / 금강산에 언제든 갈 줄 알았다

박영희 · 半島

배재운 · 장학금을 쏘자 / 찬밥 따신 밥

양곡 · 통일, 그날은 올 것이다

이상호 · 시험지에도 통일은 없다 / 통일과 통일

장인숙 · 통일, 안녕하십니까?

이규석 · 낮달 / 뚫어

이월춘 · 들쭉술 / 부처가 사는 산

이종수 · 남북사다리연합

정선호 · 적도에서 보내는 겨울 편지

최상해 · 오케스트라 / 9회말 2아웃

최종천 · 분단유지비

표성배 · 통일절 / 외세에 의해

허영옥 · 500원어치 통일 / 지금은

박구경 · 평화

조선남

가창 땜

비가 내렸으면 좋겠습니다.
나뭇잎 위에 떨어지는 빗소리를 듣고
산허리까지 내려앉은
짙은 안개가 피어올랐으면 좋겠습니다.
그렇게 하염없이 비를 맞고 있으며
이 답답한 가슴이 조금은 뚫리지
목 놓아 울어도, 울어도
빗소리에 묻혀
아무 소리도 들리지 않았으면 좋겠습니다.

그렇게 한참을 울고 나면
다시 살아 볼 용기가 생길는지요.

이제까지 살아 온 것이 용기만은 아니었습니다.
죽지 못해서 살았던 것은
죽을 용기가 없어서도, 아니고
사람이 살아갈 만한 세상이기 때문도 아니었습니다.
죽어도 죽을 수 없는 세상

살아도 산 것 같지 않은 세상에
그래도 미련이 남았던 것은
역사 속에서 당신의 이름을 기억하는 그날
아버지 당신의 이름이 욕되지 않은
기다리고 있었기 때문입니다.

위폐도 없이 제사를 모시고
영정사진도 없이 향을 피우면서
그래도 놓을 수 없었던 것은
아버지 당신이 꿈꾸셨던 새로운 세상을
보고 싶었기 때문입니다.

운무 걷히고, 선명하게 다가오는
앞산의 소나무처럼 맑은 웃음 한번 보고 싶었기 때문입니다.
"이제는 되었다. 일본 놈들이 물러갔으니까"
"새로운 세상이 열리는 거여,"
"땅은 땅을 일구는 농민의 것이고,"
"공장은 일하는 사람들의 것이여."
"일본 놈 앞잽이들 몰아내고 새 세상을 여는 거야"
그 우렁우렁한 목소리가 듣고 싶었기 때문입니다.
역사의 패배자가 아니라
죽어도 죽을 수 없는 역사의 산 자로
아버지 당신을 보고 싶었기 때문입니다.

세차게 비가 내렸으면 좋겠습니다.
머리를 풀고 하얀 소복을 입고
쓰러져 울고 또 울고 싶습니다.

조선남 제1회 전태일 문학상 수상, 2000년 노나메기 신인상 수상. 시집 『희망수첩』.

고영서

노래의 날개

– 〈임을 위한 행진곡〉에 부쳐

스물세 살 꽃다운 나이에
너는 갔다
인형을 끌어안은 채
양볼에 패이던 보조개를
교복 입은 너의 활짝 웃는 얼굴을
어찌 잊을까

광천공단 노동자 누야
들불 강학 내 누이야
낮에는 공장에서
밤에는 야학에서
역사의 주인되는 세상을 꿈꾸더니
상원이 형을 야학에 들어앉히고
그리 좋아라 하더니
너는 정작 먼저 가버렸다
자취방에 스며들던 연탄가스를 마시고
허망하게도

그러나 나는 안다
박기순,
형의 가슴 저 밑바닥
불씨 같은 이름

코앞에 임박된 죽음을 인식하고도
부드러움과 상냥함을 잃지 않았던
그날의 영웅을 기억하던
블레들리 마티 기자의 증언을 들으며
벅차올랐다

민들레 홀씨가 뭇등을 쓰다듬고
날아가는 곳
장벽 따위가 걸림돌일 리 없다
살아서 간절했으니
죽어서 하나가 된 누야
하나 된 조국에서 살고자 했던 누야

멀리서 바람이 불어오고
따뜻한 바람이 불어오고
내 귀는 당나귀처럼이나 뾰족해진다

고영서 2004년 『광주매일』 신춘문예로 등단. 시집으로 『기린 울음』이 있다.

김양채

길

하루가 하루가 되는 날
길은 이어져
눈부신 햇살만으로 벅차오를 때
걷고 싶어진다
산다는 것에 대하여
생각하고 싶어진다
아득한 사랑이여
눈부신 사랑이여
모든 꿈에서 깨어나 걸어서 가자
돌아갈 수 없는 길들 때문에
오늘을 살아갈 수 있다
오지 않을 사랑 기다리지 말고
걸음걸음이 사랑이라고 생각해라
마지막 길을 위하여 걷는 걸음들을
아프다고 하지 말아라
아픔도 주저함도 모두
그곳에서 만나는 것
부지런히 걸어서 가자

오로지 걷지 못하게 하는 것은
내 속의 옹졸함이니
비우고 또 비워서 걸어서 가자
내 모든 사랑의 완성을 위하여
모두 버리고 걸어서 가자

김양채 〈의령문인협회〉 회원. 『문예한국』 2002년 여름호 시부문 신인상. 〈대한문인협회〉 주관 『대한문학세계』 2004년 가을호 신인문학상. 시집으로 『담배』, 『술』, 7인 시집 『차』, 5인 시집 『추억』이 있다.

김연희

비무장지대에서

그리움을 피눈물로 지워봅니다
애절함은 목울음으로 삼킵니다
다 잊은 듯 한 비무장지대에는 철조망이
생이별한 생가슴에 회오리로 칭칭 감깁니다

“비무장지대에 세계평화공원을 만들고 싶습니다”라고
개성평화공단 폐쇄하고 곧바로
미국으로 간 박근혜대통령이 연설했다지요
비무장지대에는 별이 교대근무로 뜨고
똬리를 튼 보안법이 혀 날름거리는데
지뢰를 묻어 놓고 홀로 평화의 노래 부르지요

비무장지대에는 고라니와 사슴이 연애를 하고
이쪽 산양과 저쪽 멧돼지가 같은 물을 마시는데
남북의 동포들은, 한 민족의 형제들은
철침 사이로 서로를 노려봅니다
철책길 너머로 서로를 그리워합니다
부러진 허리 70년 바보놀음이 먹먹합니다

김연희 1987년 〈갯벌문학〉 동인으로 작품 활동 시작. 1993년 제8회 '청구문화제' 문학부분 대상 수상. 〈한국민예총〉 마산창원 문학분과 활동, 현재 〈경남작가회의〉 회원으로 활동하고 있다.

김영곤

제비꽃

북쪽 산에 사는 멧돼지의 침입을 막으려
밭을 가로질러 친 철조망에 녹이 슬었다

그럼에도

붉은 가시 울타리 아래 키 낮은 제비꽃이
보랏빛 입술 뗐다 붙였다 희희낙락 웃었다

그러던 날 제비는 말없이 강남으로 떠났고
올 봄에도 아무 기별 없이 돌아오지 않았다

무소식이 희소식이라는 말조차
귀머거리 딴청에 빠져버린 반세기 너머엔

해마다 제비 없는 제비꽃만 피고 지는데
통일은 귀가 먹어 도통 안녕하지 못하다

김영곤 경남 의령 출생으로 1996년부터 시작 활동을 했다. 〈의령문학회〉 회장 및 〈의령문인협회〉 회장을 지냈다. 〈한국문인협회〉, 〈한국작가회의〉, 〈경남문협〉, 〈경남작가〉, 〈의령문협〉 회원이며, 시집으로 『골목길』 등이 있다. 2013년 〈청산〉 동인지에 참여했다.

김진희

압록강에 배를 띄우다

선착장에서 도시락을 먹으며
우리는 기다린다
퍼석퍼석한 밥알은 젓가락을 달아나
허연 안개에 섞인다
유람선 대신 쾌속정을 띄운다
떼어놓을 수 없는 안개를 넘치게 싣고
우리가 닿은 곳은 어디인가

담배 줘, 담배 줘!
물컹한 안개 속에서 튀어나온 모국어
누군가 미리 준비해온 담배 한 보루를 던져준다
씹지도 않고 통째로 삼켜 사각으로 불룩한
아이의 남루한 윗도리가 달리기 시작한다
웅성거리던 안개가 빠르게 비켜준다
이것도 던져줄까요?
열여덟 살 수빈이는
손에 쥐고 있던 자유 시간 초콜릿을 펴 보인다
그건 너무 작아서 던져도 못 받을 거야

안개를 내리고 다시 새로운 안개를 태우느라
쾌속정은 제자리에 멈추고 흔들린다
심상한 풍경이 눈에 들어온다
강물에 그릇 씻는 아주머니, 낮은 지붕, 가지런한 옥수수,
멀끔한 염소 그리고 멀뚱한 황소
안개에 섞였던 찬 밥알들이 목구멍에 덩이째 막힌다

'자유 시간'
너무 작아서 그들에게 닿지 않는 '자유 시간'
또한 너무 작아 우리들 배도 온전히 채워주지 못할
'자유 시간'

거대한 섬 앞에서 출렁출렁, 출렁이다가
발 한 번 내딛지 못하고 다시
안개만 한가득 싣고 쾌속으로
돌아온 낯선 이곳은 또 아흐,
어디인가?

김진희 부산 출생. 〈경남작가〉 회원. 시집으로 『굿바이, 겨울』이 있다.

굶주린 개도 자존심이 있다

아무나 먹이를 던져준다고
분간 없이
덥석 먹이를 물고 꼬리를 흔들지는 않는다.

낯선 사람은 아닌지
던지는 것이
자신을 해코지하는 흉기인지
던진 것이 먹이인지
먹을 만한 먹이인지를 가늠한다.

배고픔을 채우려 먹다가도
먹는 틈을 노리고
위협을 할 가능성에 대해
접근의 경계를 늦추지 않으며
불편한 심기를 드러내듯 으르렁거리기도
구긴 체면을 만회하듯
가끔 이빨을 드러내고 짖으며 호기를 부린다.

먹이를 주지 않아도
꼬리를 내리며 흔드는 사이가 되려면
적반하장의 객기를 수도 없이 받아내는 일이다.

통일은 노리개가 아니다

통일은 역사적 과업이 아니라
삼국통일의 기반을 배반한
역사적 과오의 봉합일 뿐이다.

식민을 살고도
신탁을 자초한
졸렬한 분단의 독립

통일, 그 다시 원점을 향해
수없이 맴돌며 앗아간
시간과 목숨

견제와 명분을 버무린 통일의 탈
핏줄은 밀고 당기는 거래나
민심전환의 노리개가 아니다.

일원화 길로는 통할 수 없었던 오답
이제 통할 수 있는 모든 길을 열고
인민의 가슴을 향해 일제히 도발해야 한다.

왕래가 빗발치는 삶의 전쟁터에서
함께 살기 위한 싸움을 시작해야 한다.

노민영 경남 마산 출생. 『경남작가』로 등단.

돈의 통일

사람들이 계산기를 두드리며
돈을 세고 있다
침을 삼키며
환각의 돈을 세고 있다

돈을 세어 본 뒤
대박이란다
통일은 대박이란다
돈으로 통일을 할 수 있단다
돈 때문에 통일을 해야 한단다
돈의 길을 열어야 한단다
돈의 블록화를 만들기 위해
통일을 해야 한단다

하지만
돈의 통일은 통일인가
사람의 통일은 할 수 없는가
물에 물 타듯 하는 통일

술에 술 타듯 하는 통일
마음의 통일은 어찌 할 것인가

사람들은 돈 통을 두드리며……
돈 통 일
결국에는
돈 통 일
마침내는
돈 통 일

대박의 꿈 뒤편으로

해방 후 젊은 나이로
남으로 와서는
내내 미장이로 산 세월이
어언 칠십 년

그땐
조금만 있다 집에 가지 뭐
이렇게 생각한 것이
영영 못 가게 될 줄 꿈에도 몰랐지

나는 고향을 생각하며
기어코 미장이로 살았지
매끈하게 미장된 바람벽 보며
고향을 생각했지

어떤 땐
미장 끝낸 벽 가운데
가로로 주-욱 칼금을 그은 뒤
다시 미끈하게 다듬어 놓고는
고향을 그렸지

담배를 피웠지

고운 사모래를 치면서
자갈을 골라내며
걸림돌아 걸림돌아 했지
그리곤 또 담배를 피웠지

막걸리 한 사발 먹고는
꿈에도 못 잊는 고향을
애써 미장질로 지웠지
금순이도 지웠지

그리고 이제는 체념했지
가망이 없었지 희망이 없었지
과거 기억을 묻어버리기로 했지
깨끗하게 정리했다고 생각했지

그때 대박이라는 소리가 들렸지
통일은 대박이라고 말했지
옳거니 대박이라는구나
그래 이제는 대박이라는 사실을
알았단 말이지

이제야 대박이란 말이지

하지만
대박의 그 통일은 어떤 통일인가
통일의 대박은 어떤 대박인가
그 대박은 처음부터 대박 아니었나?
통일은 언제나 대박이 아니었나?

통일 대박의 물거품 같은 꿈 저편으로
나는 사라지리
이제는 사라지리

문영규 경남 합천 출생. 시집으로 『눈 내리는 저녁』, 『나는 지금 외출 중』 등이 있다.

이철산

까마귀

한 하늘을 바라보며 살면 어떨까
검은 놈은 검은 놈끼리
상처 무성했던 여름이 가고
큰 기다림으로 피워 올렸던 꽃들이 지고
돌아오지 않으마 하늘을 떠나는 뭇 새들 보면서
빈 하늘 빈 들판 소름끼치도록 까맣게 모여
우리끼리 마주보며 우리끼리 위로하며 살면 어떨까
하여, 새로운 봄이 오고
하늘 가득히 지친 새들 남에서 북에서 회귀할 때
상처 남은 여름과 지친 꽃들에게
함부로 속삭이지 못하도록
하늘 부끄러워 몸서리치도록
죽어서도 검은 놈은 검은 놈끼리
한 하늘 아래 마주보며 위로하며 묻히면 어떨까

이철산 1966년 대구에서 나서 지금까지 살고 있음. 제6회 전태일문학상 수상. 〈대구경북 작가회의〉 회원.

민방위 훈련

사이렌이 다급하게 울며 묻는다
경계하라 경계하라 공습이다

한낮 거리를 걷다가 골목길에 갇혀서
기억하라 기억하라 전쟁이 있었다

종북. 친북. 좌파
빨갱이는 있었어도 종북은 낯설던 공습경보
오-오-오-오-옹…….
다급한 경보에 엎드리면 말갛게 쳐다보던
민들레 한 송이

북한전용채널 종편 티브이가
북한 비난으로 시시콜콜
종. 종. 종. 북한의 종을 울린다

연예인이 된 북한 처녀가
화들짝 큰 눈을 뜨며

경계하라 경계하라
전쟁은 없을지라도 북한은 적이다

떠다니던 배가 가라앉는 것도
새가 무리지어 북으로 간 것도
모두 종북자들 때문이다.
통일 경계 훈련, 좌파 공습훈련

통일이라 쓰고 종북 좌파라 읽는다.

금강산에 언제든 갈 줄 알았다

소떼가 구름을 몰고 건너간 그 길
아이도 따라갔고
어른도 넘어갔던 60년 금단의 길
수많은 사람들이 걸어간 통일의 길

반세기의 염원 기도가 닦아 놓은 그 길
베를린 장벽처럼 한 방에 열리지 않아도
타박 타박 만물상까지 통일로 걸어갈 줄 알았다

서울서 아침 먹고 금강산서 점심 먹으면
한솥밥 식구처럼 한 댓돌에 신발 벗고
등나무도 칡넝쿨도 끌어안고 풀어낼 줄 알았다
통일.

대박 내자면서
금강산 길은 막아놓고
돌아오지 않는 다리엔 풀씨하나 솟지 못하고

금강산이 열렸던 그 방생의 시간
북으로 간 생명들이 씨앗을 뿌려두고

돌아온 통일의 길
그 금강산, 아무 때나 밟을 줄 알았다

박덕선 경남 산청 출생. 무크지 『살류주』, 『여성비평』으로 등단. 약초 이야기 『풀꽃과 함께하는 건강약초 126선』를 지음.

박영희

半島

내가 태어났을 때 길은 이미 끊겨 있었다.

그 길에 대해서 묻는 건 불문율이었다.

나는 하루도 거르지 않고
탄식으로 취해 있는 아버지와
바다만 바라보며 살았다.

갯바람에 닳아 해진 풍어기처럼
길들도 그렇게 뉘엿뉘엿 지워져갔다.

석양만이 핏발처럼 사무쳤다.

더러 누군가는 그 길을
안개가 지웠다 하고 바람이 지웠다 하고
그사이 길은 전설이 되어갔다.

저잣거리처럼 늙어갔다.

박영희 1985년 문학무크 『민의』에 시 「남악리」 등을 발표하면서 작품 활동을 시작. 시집으로 『그때 나는 학교에 있었다』, 『즐거운 세탁』 등이 있고, 시론집 『오늘, 오래된 시집을 읽다』, 서간집 『영희가 서로에게』, 평전 『김경숙』, 기행 산문집 『만주를 가다』, 장편소설 『대통령이 죽었다』 등을 펴냈다.

장학금을 쏘자

그럴 것이다
가난하고 고통 받던 시절
희망이 보이지 않던 암울한 시절에 입은 은혜
결코 잊을 수 없어
그 은혜 갚고 또 갚고 싶은 게
사람의 마음이니
국비 장학생이 국가에 충성하고
삼성 장학생이 삼성을 위하는 마음
남다르게 깊은 것도
그런 것이니

사람 마음 이렇게 사로잡는 것이
장학금이니
그 효과는
보고 듣고 다 아는 검증된 것이니
의심을 거두고
대포보다 더 세게
미사일보다 더 정밀하게

무차별로 쏘아도 은혜롭게 받아드릴
장학금을 쏘자

통일의 씨앗이 되고
통일 조국을 위해 봉사할 인재를 키울
장학금
대결과 갈등을 덮고
분단을 치유할 통일 장학금을
북에다 쏘자

찬밥 따신 밥

나눠 먹느냐
혼자 먹느냐
밥이 갈등이다

나누면
따신 밥을 먹을 것이고
욕심을 부린다면
찬밥이 될 것인데
밥이 갈등이다

철책선 마주보는 총구 위에도
이젠 밥이 갈등이다
나누면
내일 아침은 따신 통일 밥이 될 것이고
욕심을 부리면
강대국 눈치를 봐야 하는 국제 사회 찬밥이 될 것인데

찬밥 따신 밥 가릴 줄 모르는
내꺼 내 먹고
서로 양보할 줄 모른다고 손가락질 하는

밥이 갈등이다

배재운 경남 창녕 출생. 2001년 전태일문학상 수상. 시집 『맨얼굴』 등.

양곡

통일, 그날은 올 것이다

황사 그치듯 하늘이 맑게 밝아오고
산에 들에 꽃이 피고
총도 미사일도 사라지고
울도 담도 없는 논밭에 순박한 농사꾼들만 남아
땀 흘릴 때

그날은 올 것이다
분명 통일은 올 것이다.
핵우산처럼 장마전선이 북상하고
산에 들에 꽃이 피지 않아
총과 미사일이 서로가 서로를 겨누고 있을지라도
밤새 노동을 끝낸 사람들이 맞는 신성한 아침처럼
분명 통일은 오고야 말 것이다

생각과 행동이 갈라질 대로 갈라진 남과 북
물 흐르듯 어느 순간 하나가 되어
땅에는 꽃 피고 하늘에는 새 날아다니는
하나의 나라 하나의 희망 앞에 눈 반짝이는 한반도의 목숨들

제각기 살아 있는 이름으로 빛나며 아침을 맞고
순한 양처럼 저녁 받아들이는
그날은 분명 오고야 말 것이다.

이념도 사상도 아닌
주권재민의 풀뿌리만 살아 있으면 광명개천
홍익인간 재세이화의 깃발 굳이 펄럭이지 않아도 좋을 우리들
살아가야 할 내일이 더 많은 내 자식 내 손자들에게
사람이 가야 하는 길과 세계평화는 어떻게 이루어져야 하는지를 보이며
노래하며 결국은 우리 모두 흙으로 바람으로 돌아가는
그날처럼 이 땅에 꼭 통일이 오기는 올 것이다.

양곡 경남 산청 출생. 1984년 개천문학 신인상 수상, 현재 〈경남작가회의〉 부회장. 시집 『어떤 인연』, 『길을 가다가 휴대전화를 받다』 등.

시험지에도 통일은 없다

중학교 아이들 학교에서 친 시험지를 가져왔다.

시험지 끝
급하게 휘갈겨 쓴 글씨 보인다

"1950년 6월 25일은 남침입니다."

다 만들어진 시험지에
누구의 생각이었을까
새롭게 만들 시간은 없고
아이들에게 알리기는 해야겠고
너무나도 급하게 쓴 한 줄의 문구

통일은 대박이라는 나라에서
남침과 북침을 따지며
시험지 끝에 새겨 놓은
저 문구 한 줄

아이에게 물어 보아도
문제만 풀었지
있었는지 없었는지 조차도 모른다는 대답뿐

목적도
체계도 없는
시험지 속 통일

통일과 통일

독서토론 수업을 할 때
남북이산가족 문제에 대한 이야기가 나왔지

"통일을 하면 우리나라가 돈이 많이 들어 싫다."라는 태욱이
"남과 북이 합쳐지면 핵폭탄이 생겨 좋다."는 승준이
"통일이 되면 유럽까지 기차 타고 여행갈 수 있어 좋다."는 윤성이
"말이 달라 의사소통이 힘들어 싫다."는 유정이

60년이 훌쩍 지난 시간
남과 북을 다른 민족처럼 갈라놓고
전쟁이라도 일어날 것 같은 요즘
아이들도 생각이 다르고
통일에 대한 기대감도 떨어지는데

가만히 듣고 있던 권우가 한마디 한다

"선생님, 전쟁이 일어나면 어떻게 돼요?"

순간

나도
아이들도
통일이라도 한 듯
말을 잃었다

이상호 경남 창원 출생. 시집 『개미집』 등.

장인숙

통일, 안녕하십니까?

객토동인지에서 통일, 안녕하십니까?
원고청탁이 들어왔다
아침 혼자 먹고 점심 혼자 먹고
이 봄날
남자는 거실 텔레비전과 함께
여자는 라면 끓여주고
혼자 안방에서 휴대폰을 만졌다가
컴퓨터 앞에서 남의 꽃구경 이야기를 읽고
부러웠다가 안방과 거실 열댓 발
남과 북처럼 멀지도 않은 그곳엔 벽이 있다
사시사철 발 벗은 여자와
철조망 치고 앉은 남자가 있다
무너지지 않고 있다
22년간 밥해 먹이고
옷가지 공손히 보필하여도
통일은 커녕 가시나무 더 단단해지고 있다

장인숙 2002년 『문예한국』으로 등단. 시집 『그대가 보내준 바다』, 『명품시집』 등.

낮달

부르고 불렀다
또 부르고 불렀다
부르면 답이 금방 올 것 같아
목 메이도록 불렀다

메아리도 없는 기다림에 지쳐
자꾸 되돌아볼수록 아득한
세월로 돌아누운 아 통일의 노래
어두운 밤 그 시절
그 노래는 빛을 냈지만

저리도 푸른 하늘에 갇혀
반쪽으로 안녕하지 못한
생기 잃고 창백해진 너의 얼굴 앞에

안녕한 척 하는 당신께
감히 다시 묻습니다
정말로 안녕하십니까

뚫어

흐를 것은 흘러야
서로가 편한 소통 아닐까

하수구가 막히면
고약한 냄새 진동하고
굴뚝이 막히면
매캐한 연기 눈 따갑고
이웃사람과 대화가 단절되면
자기만 아는 이기주의 되는 것처럼

서로 내 탓은 없고
네 탓만 손가락질하다
가족과 친척 그 가슴들을
흐르지 못하게 막고 있는
핑계의 이데올로기로 벌겋게 녹슨
고의성 짙은 저 날카로운 38철조망

누가
저 철조망을 걷어갈까
엿장수가 아니 고철장사가

아나 콩콩이다

니 가슴을 먼저

뚫어 뺑

이규석 경남 함안 출생. 시집 『하루살이의 노래』 등.

들쭉술

해금강 자연산 광어 한 접시에
평양 대동강 술 공장에서 나온 들쭉술
진홍색 모시멍게 한 대접은 덤이란다
팁도 안 받는 동포처녀 김순실이 따라준 들쭉술
창밖은 부산처럼 어둠이 내려와 있고
참이슬 소주 몇 잔에 왁자왁자 사람들과
남쪽의 쉰이 넘은 비운동권 불량시인
남포특급시 노동자아파트 짓는데
백두산 가는 길 다리 놓는 데 보탬이 된다면
헛헛한 웃음을 던지며 한 잔
정신의 폐허를 건사해온 생의 비린내와
즐거움 저 편의 두려움 바라보며
본능 속의 온갖 짐승들의 울음소리로 한 잔
반만 년의 유전자에서 한 치도 벗어날 수 없는
원시의 말과 몸뚱이에 또 한 잔

부처가 사는 산

– 금강산에 가서

법기法起보살이 만 이천 명의 제자를 데려와 한 명씩 앉혔다는 일만 이천 개의 봉우리에 팔만 아홉 개의 봉우리가 있었던 그때 산은 거대한 불국토佛國土였지 유점사, 신계사, 장안사, 표훈사, 마하연, 묘길상, 보덕암 골짜기마다 능선마다 부처의 숨결이 흐르고 수행의 정적이 내 등짝을 후려쳤다 부처님이 사는 동해 한가운데 있다는 금강산 진해 경화 닷새장 채소전 아주머니에게서 반야심경을 읽었는데 여기서 금강반야바라밀경을 보다니 신계사는 목숨 걸고 수행했다는 효봉스님(1888~1966)이 출가한 곳이라 홀로 떠드는 동포 처녀여 생에 대한 저 집착들을 끊고 나를 허물게 하라 바위마다 이름을 새긴 중생들의 욕망도 세월에 깎이고 있는데 삼라만상이 몸을 깎고 마음을 깎고 마침내 자신을 깎은 곳에 산이 있었고 바야흐로 부처님이 계셨다

이월춘 1957년 창원 출생. 1986년 무크 『지평』과 시집 『칠판지우개를 들고』로 등단. 〈한국작가회의〉, 〈경남문협〉, 〈경남시협〉 회원. 제1회 월하진해문학상과 제23회 경남문학상을 수상하였고 시집으로 『그늘의 힘』 외 다수.

이종수

남북사다리연합

얼마 전 동서사다리연합이 생기더니
남북사다리연합이 또 생겼다
그저 사다리차들의 연합에 지나지 않는 이름이지만
통일을 갈망하는 시민단체 이름 같다
비오고 구름 끼기라도 하면 저 고층에서 실어 내려오고 올라가는 것이
단순한 살림살이가 아니라 평양 사는 이종수 씨*이거나
청주 사는 이종수 씨라면 어떨까
생각만 해도 간이 떨리지만 요상한 시국에서는
남북사다리연합이 출입사무소였으면 하는 생각

이삿짐이 아슬하게 턱을 넘어 사다리에 실려 내려온다
테이프로 입막음한 냉장고며 세탁기, 텔레비전
꺼내놓으면 내장처럼 쓰겁게 들들 볶는 세간들까지
굉음을 내며 오르내리는 아찔한 지점에 비무장지대가
길게 펼쳐진 것 같은,
서로 손 잡는 것도 어렵게 만들어 아찔한 높이에서
사다리로 오가는 민족의 세간들과 통일론들만

모서리가 긁히고 몇은 없어지고 닮아가는 것은 아닐까

그래도 좋은 날 받아 이사하는 날은
남북사다리연합이어서 설레고
부디 튼튼한 집에서 너나없이 잘 살았으면 좋겠다

* 하종오 시인의 시 「하종오 씨」에서 빌려 옴.

이종수 전남 벌교 출생. 〈엽서시〉 동인. 〈충북작가회의〉 회원. 시집 『자작나무 눈처럼』, 『달함지』 등.

정선호

적도에서 보내는 겨울 편지

— 조국의 통일을 생각하며

적도의 나라에서 두 번째 겨울을 맞았습니다
이곳은 조석으로 고국의 늦가을 날씨이고
낮에는 초가을 날씨와 비슷한 날들입니다
이곳 사람들은 고국과 달리 전쟁의 위험 없이
평안하게 성탄절과 연말 휴가를 보내고 있지요

지금 고국에선 60년 전부터 변함없이 초병들은
비무장지대 사이에 두고 눈 맞으며
총구를 같은 민족에게 단단히 겨누고 있겠지요
연말연시를 맞아 상대방의 갑작스런 공습에
대비하고 비난거리 만들 준비도 하겠지요

한쪽에선 세습정권을 이어가며 스스로 갇히고
세습정권을 반대한 이들을 수용소에 가뒀지요
사람들 눈과 귀 막고 맹목적인 충성을 강요하며
핵무기를 만들어 세계 평화를 위협하고 있지요
국민의 행복보다 정권을 유지하려 무기 만들고
테러 집단과 같은 일도 서슴없이 일으키지요

다른 한쪽에선 노력은 하지 않고 대박 운운하며
상대방 정권이 자멸하기만을 고대하는 이들이
혹한기 전투 훈련에 열을 올리고 있겠지요
여전히 사람들을 반공 이념의 틀에 가두어
많은 사람에게 빨갱이란 호칭을 주지요

비록 몸은 멀리 있지만 민족 통일을 위해
몇 가지의 생각을 편지로 전합니다
무엇보다 서로의 가슴 열고 만나야 합니다
정치와 경제, 문화, 사회, 종교를 분리하여
자유롭게 왕래함이 통일의 주춧돌입니다

상호 체제를 인정하고 지난 6월과 10월에
맺은 합의문을 다시 꺼내 대화해야 합니다
서로 분단을 정치적으로 이용하지 말고
밀린 과제를 서서히 해결하길 간절히 바랍니다

정선호 충남 서천 출생. 2001년 『경남신문』 신춘문예로 등단. 시집으로 『내 몸속의 지구』 등이 있다.

오케스트라

저 악기는 뭘까 소리는 플루트와 비슷하네
몸체는 좀 짧은 것 같고
울림은 더 맑은 관악기임에는 틀림없다
나는 왜 맑은 울림 대신 무거운 빛깔을 먼저 느꼈을까
텔레비전을 통해 평양음악회를 보며 느꼈던
내 첫 감정이라니

음악에는 빛과 색이 결합되어 있어
눈을 감고 있어도 보이기도 하고 느낄 수도 있으니
분명 빛을 보고 느꼈던 무거움
평소 내가 접하는 음악과는 뭔가 다르다
내가 모르는 그 무엇이 있는 걸까
다르기는 한데 무엇이 다른지 쉽게 찾을 수 없는 건
연주가들이 좀 경직되어 있다고 느낀 내 탓일까
화창하면서도 비가 내린다는
일기예보처럼 맑기도 하면서도 짙은 구름이 무거운
그런 날의 하루 같았다

서울과 평양이 만나
음악을 하나로 만들면 웅장할까 유쾌할까
힘들어 했던 음악전공에 대한 공부를 아마 처음처럼
다시 해야 할지도 몰라 아찔하다

내가 모르는 악기와 내가 아는 악기가 만나
만들어 내는 하모니는
아침일까 저녁일까
아니면 바닷물일까
다시 한 번 흠뻑 젖어들 그런 음악을 찾을 수 있을까
그날이 오면

9회말 2아웃

우리 집에선 스포츠하면 야구뿐인데 야구경기하듯 통일을 하면 어떨까

1948년 해방부터 한국전쟁은 주자와 타자가 모두 아웃되는 병살타쯤 되겠지 보통 야구에서 병살타 세 번 나오면 지는 경기라는데 다행히 두 번이라 좀 긴장감 있게, 관중들이 지겹지 않게, 매회 안타를 날려 손에 땀을 쥐게도 해 주었지. 그게 1972년 7.4 남북공동성명이지 아마 분단 이후 통일과 관련된 첫 번째 공동성명이니 관중들이 난리가 났지. 아, 금방 통일이 되는 것처럼 말이야 그런데 그게 다야 뻥뻥 뜬공이나 날리고 땅볼이나 치고, 그러다 1991년 제5차 남북고위급 회담에서 또 안타가 터져 나왔지. 사실 주자가 2루 3루 돌아 홈으로 들어올 것이라는 기대는 그리 안 했지만, 그래도 남북기본합의서에는 "화해 및 불가침, 교류 협력" 등 3개 부문에 관해 합의를 하였지. 이때만 해도 긴가 민가 하는 의구심을 지울 수 없었던 것은 7.4 남북공동성명 이후 너무 지루한 시간이 많았기 때문이지, 아 1회나 2회에 안타 한두 개 치고 몇 회가 지나도록 치어리더 응원만 봐야 한다면 실망이 크지 않겠어

그런 생각이 들 즈음에 홈런이 한 방 나왔지 뭔가 그게 바

로 2000년 1차 남북 정상회담이잖아 깜짝 놀랐지 꾸벅꾸벅 졸고 있다가 와아 하는 탄성에 눈을 뜨고 보니 공은 이미 담장을 넘어가고 없더라고, 더 중요한 것은 팽팽한 기 싸움만 하다가 "나라의 통일을 위한 남측의 연합 제안과 북측의 낮은 단계의 연방 제안이 서로 공통성이 있다고 인정하고 앞으로 이 방향에서 통일을 지향시켜 나가자"고 하는 6.15 남북 공동선언이 턱하니 발표 돼 버린 거야. 서로를 인정하는 것이잖아 투수가 공을 잘 던지고 타자가 그 공을 잘 쳤다는 얘기잖아 잘 던지고 잘 쳤다면 후회가 없지. 이게 진정한 야구의 묘미 아니겠어.

그러다 대형 홈런이 한 방 더 나왔지 그게 2007년 2차 남북 정상회담이야 10.4 선언이라고 남북관계 발전과 번영을 위한 "서해평화협력특별지대를 설치하고 공동어로구역과 평화수역 설정 경제특구건설과 해주 항 활용, 민간선박의 해주직항로 통과, 한강하구 공동이용" 등이 포함된 합의문이 발표되었는데, 아 이때만 해도 정말 이제 우리 민족이 통일을 향해 성큼성큼 내딛을 줄 알았지.

야구란 9회말 2아웃부터라는 말이 있는데, 딱 그 짝이 되었지 뭔가 끝날 때까지 끝난 게 아니다 라는 말이 실감나는 대목이야. 누가 알았겠어 잘 나가던 감독을 갑자기 바꿔 버릴 줄. 야구장이 엉망이 되고 말았지. 경기는 뒷전이고, 무엇보다 지금까지 날린 안타는 공염불이고 홈런에 들떴던 기분은 싹 식고 말았지. 심지어 야구자체에 대해 외면하는 사람들이 늘어

났지. 사실 이게 더 큰 문제지 요즘 야구 보면 영 아니거든 관중을 몰고 다니는 스타도 없고, 좀 치거나 던진다 싶으면 투잡을 하거나 제펜리그나 메이저리그로 빠져 나가기 바쁘고 남아 있는 선수들은 살살 눈치나 보고 경기장에서는 맨날 병살타나 치고 누가 그러더라고 경기장에 선수는 없고 치어리더만 살판났다고.

그래도 모르는 게 야구잖아 야구는 9회말 2아웃부터 아닌가 누가 알겠어 최동원이나 선동렬 같은 선수가 나오게 될지

최상해 강원 강릉 출생. 2007년 『사람의 문학』으로 등단.

최종천

분단유지비

근로소득세나 재산세보다 막대한
분단유지비 고지서를 정부는 발송하지 않는다.
납부율이 100%가 넘는 분단유지비는
통일비보다 더 많다.
국가보안법의 형태로 집시법의 형태로 되어있다.
언론의 자유 속에도 분단유지비는 포함되어있다.
어차피 국민들이 이렇게 지불하고 있다면,
재산세나 고지서 소득세 맨 앞에
분단유지비 항목을 만들어야 한다.
구금과 구속 벌금 세금의 형태로 분단유지비를 내면서
그것이 분단유지비라는 것을 모르는 국민들이 많다.
한국인은 반공이데올로기의 노예이며 포로이다.

생각해 보면 주위의 강대국들이 모두
분단의 덕을 보고 있는데
우리의 통일을 지원하거나 바라지 않을 것이다.
남과 북의 지배계급도 마찬가지이다.
그들 또한 분단 상황의 특혜를 누리고 있다.

반공을 국시의 제일로 한 것이 곧
반통일을 국시의 제일로 한 것이다.
통일이 물 건너갔다고 생각했다.
그런데 통일의 전조가 보이기 시작한다.
사사건건 일본의 편을 들어주던 미국이
갑자기 한국의 편을 들어주기 시작한 것이다.
닭 쫓던 개꼴이 되기 싫어서일까?
갑자기 중국도 우리 편을 들어주기 시작했다.
안창호선생 기념관도 지어 주었단다.

남북의 지배계급이 모두 분단의 특혜자여서
남북이 스스로 통일을 이루지는 못할 것이다.
어떻게 대한민국은 통일이 될 것인가?
그것은 중국에 물어보아야 할 것 같다.
중국의 속셈이 어떤 것일까?

이 나라는 한시도 백성의 나라였던 적이 없다.
이씨조선이거나 왕 씨의 나라이거나 박 씨의 나라였다.
한시도 백성이 나라였던 적이 없어서
해방도 남의 덕에 되었고
이제 통일마저 남의 덕에 될 듯하다.
반공이 종교이고 신앙인 사람들이 많다.
통일을 위해서 우리는 반공이데올로기를 벗어야 한다.
반공 하나로 출세하고 돈을 벌고 편하게 살 수 있는 사회

그 사회가 우리가 살고 있는 곳이다.
그런데 어떻게 통일이 가능하겠는가?
통일을 생각하면 슬퍼진다.

최종천 전남 장성에서 태어나 1986년 『세계의 문학』, 1988년 『현대시학』으로 작품 활동을 시작했다. 시집으로 『눈물은 푸르다』, 『나의 밥그릇이 빛난다』, 『고양이의 마술』, 산문집 『노동과 예술』이 있다. 신동엽창작상, 오장환문학상을 수상했다.

통일절 외 1편·표성배

통일절

이보게 내 야그 하나 들어 볼 텐가 마산 팔용산 돌탑 야근디 전설 같은 야그라 그냥 웃고 말거찌만 그래도 목구멍에 탁배기 한 사발 값은 될 테니께 들어볼라나

그 머시냐 통일하먼 김유신이 짠하고 등장하는 삼국통일 왕건이 말 타고 띠 댕기던 후삼국 통일이 있는데 그건 내가 야글 안 해도 넘 잘 알 끼고 아 그러니까 일제강점기에서 해방되고 남북이 38선으로 딱 찢어지는데 남한은 미국 북한은 쏘련이라는 괴물과 손을 맞잡은 때가 있었는데 그게 1948년도에 와 서리 완전히 니팬 내팬하고 못 박아 삐고 티객태객 허다가 1950년 남북전쟁이 터져삐는데 그 3년간 참상이 말로 다 몬한다고 하니 지끔이야 오데 상상이나 하겄나 그렇게 전쟁을 하고도 종전이 아니라 후전을 해삔기라 글고 60년이 가삐도록 통일을 몬 한기라 그 시기에 남과 북이 서로 잡아 무울라꼬 이빨을 갈며 왕왕거리고 총칼을 앞세워 눈깔 굴리는 동안 그걸 정치에 이용하고 반대파를 숙청하고 참 부끄러운 시절 야그인데 한 번 들어 볼라나

옛날옛날 저 갱상도 하고 마산에 이삼용이라는 사람이 있었는데 아 이 양반이 어느 날 갑재기 돌탑을 쌓기로 맴을 묵은 기라 그것도 한두 개가 아이고 천 개씩이나 쌓겠다고 여덟 마리용이 솟아올랐다는 팔용산 골짹에다 1993년부터 탑을 쌓은기라 쌓아맨서 통일을 기원했다카는데 손가락이 찢기고 다리가 붓고 발뜽이 터지고 인대가 늘어나고 눈이 오나 비가 오나 한시도 꾀부리지 않고 이산離散에 아픔을 생각함씨러 돌탑 천개를 딱 쌓은기라 그 때까정 동네 사람도 지나 댕기는 등산객도 다들 미친놈이라 손가락질 하고 그랬다카는데 사실 지가 말은 통일을 기원한다 캄서 뭐 다른 꿍꿍이가 있을 끼라고 다들 쑥덕쑥덕 꺼리고 심지어 사상이 불순타꼬 신고도 하고 맷 뻔을 갱찰서에 잽히가고 그랬는기라 누가 알았겠노 지금 통일 절이라 캐가꼬 다들 노는 날 있제 그 날 딱 천 번째 돌탑에 마지막 돌을 올리삐는 순간 하늘은 먹구름으로 뒤뎁피고 노숭 번개가 치는 고 와중에 천 마리 용이 하늘로 솟았는기라 아 그라고 바로 통일이 딱 되삔기라

내 말 믿것나 요 입에서 입으로 소문이 날개를 타고 천지사방 날아 댕기는데 그래서 사람들이 팔용산 돌탑이 쌓인 자리를 하나하나 손꼽아 본 끼네 탑이 997개밖에 엄는 기라 참말로 이상타 아이가 그때서야 다들 알아삔기라 이삼용이라는 양반이 바로 용 세 마리를 품고 있었던 기라 용이 탑을 쌓은기라 그거또 997개를 아 그때 삼용이 이양반이 돌탑이 되가꼬 하늘로 올라가서는 여태 내려오지 않고 있는 기라 그기 무신

말인고 하니 그날 이후로 이 양반을 본 사람이 없는 기라 그래서 지금도 마산 팔용산 골짹에 가모 바로 통일절 날 이삼용 씨를 생각하는 사람들이 모이가꼬 그기 아마 '이사모'라 커데 제사도 지내고 노랜 종이로 맨든 천 개의 탑을 쌓아 놓고 달집태우듯 태우고 한 판 굿을 하는 기라 그날이 바로 오늘 통일절 아이가 니 내 말 믿을 수 있긋나

운잰가 지나댕기던 등산객이 기념으로 찍은 사진을 본 적 있는데 탑 빛깔이 전부 핏빛인기라 탑이라는 탑돌이라는 돌에 이양반 피가 한 방울도 튀지 안은 돌맹이가 엄서따 칸끼네 얼매나 고통시럽게 탑을 쌓아겠노 삼용 씨 피가 돌탑에 생맹을 불어넣고 탑이 숨을 씨게 맹근기라 소망해떤 천 개의 탑이 완성되자 그 살아 숨씨던 탑이 바로 용이 댔다 카는 전설 같은 야근데 오데선가 들어본 거 같제 그래서 마산 팔용산 돌탑이 모이 있는 꼴짹을 용천꼴이라 안 카나 고 옆에 능선을 타고 넘어가는 재를 삼용재라 이름 부치고 지금꺼정 사람들 입에서 입으로 전해져 온기라 그기 그러니까 벌씨로 한 200년 전 야그 아이가 그때 남한 사람들은 지금 아들이 수학 여행가는 금강산 백두산 이런 데 갈 수도 엄써꼬 북한 사람들이 거제도 해금강이나 제주도 한라산 이런 데 갈 수도 엄썬는기라 꼭 넘 야그 같지만 우리 조상님들 참 슬픈 시절 야그인기라 그렁끼네 오늘 통일 절인데 내 탁배기 한 잔 안 하고 배기겄나

그라고 지금은 통일 이런 야그보다는 마산 팔용산 돌탑이

관광지가 되가꼬 일 년에 수십만 맹이 찾는다 칸끼네 참 격세지감 아이가 우얗튼 지끔 사람들은 통일을 기원함씨러 탑을 싸았다는 그 양반에게는 관씸이 엄따 카더라 탑만 쎄리 귀잉하고 간다 카든데 이삼용 씨 이 양반에게는 좀 미안한 일 아이가 통일이 되고 지자체에서 탑이 있었던 자리에 이쁘장하게 탑을 쌓아가꼬 관광지로 맹근게 지끔 있는 팔용산 탑골인기라 너그도 한 번 가 봐라 아주 볼 만하끼다

외세에 의해

외세는 언제나 독毒이었다
신라의 삼국통일이 증명하고 있다
광활한 고구려 역사를 부정하고부터
외세에 의존한 통일이 의심받고 있다
반외세를 외쳤던 동학東學을 보라
미국을 앞세운 대한민국과
소련을 등에 업은 조선민주주의인민공화국이 걸어온
60여 년의 시간이 말해주고 있다
이 땅을 향해 혀를 날름거리던 외세에 의해
평화는 늘 위협받아 왔다
외세는 다시 이 땅 허리를 잘라 놓고
통일의 노래를 부르게 하고 있다
남과 북이 손을 맞잡고 뜨겁게 포옹하지 않는 한
누구와 손을 잡아도 똑같다
남과 북의 백성은 알고 있다
통일을 방해하는 세력이 누구인지
어떤 통일을 해야 하는지
그런데 누가 통일대박이라고 말하나
그런데 누가 불바다 통일을 말하나
로또가 대박인 것은 한 사람만이 선택되기 때문이다

이 땅을 불바다로 만드는 것은
한 사람의 선택만으로 해서는 안 되는 일이다
통일은 어떤 선택의 문제가 아니다
미국이 중국이 러시아가
그러나 통일은 다시 선택의 문제가 되었다
한반도의 통일을 방해하는 것은
그들에게 이익이 달려있기 때문이지만
한반도의 통일을 선택하는 것도
그들에게 이익이 달려있다
통일은 외세도 위정자도 1%의 기득권자도 아닌
민족의 문제이지만 민족만으로는
통일을 이룰 수 없게 되었다

표성배 경남 의령 출생. 1995년 마창노련문학상으로 등단. 시집 『기계라도 따뜻하게』, 『기찬 날』, 『공장은 안녕하다』, 『개나리 꽃눈』, 『저 겨울산 너머에는』, 『아침 햇살이 그립다』 등. 2014년 한국문화예술위원회 아르코문학창작기금 수상.

500원어치 통일

땡그랑

북쪽을 향해 선 망원경
500원 동전 한 닢 삼키면
희미하나마 성큼 다가서는 북녘 땅

500원으로 이렇게 가까울 수 있는 곳
걸어도 반나절이면 닿을 것 같은 곳
우리의 소원은 통일이라며
노래 부른 지 60년을 넘겼는데
아직도 먼 먼
통일,
다시 한 번 당겨보자

땡그랑

지금은

김산이 풀어 놓은 아리랑
중국이 가로채고
이사부의 넋 떠도는 독도
일본이 넘보는
짓밟힌 역사의 수레는 돌고 도는데
남과 북의 사공만 실은 통일 수레
어디를 향해 달리는가?

거울 앞에 맞선 상처뿐인 얼굴
서로의 가슴에 낸 골 깊은 상흔들

지금은
쓰다듬고 보듬어야 할 때
지금은
같은 곳을 보아야 할 때

허영옥 경남 의령 출생. 2002년 『경남작가』로 등단.

박구경

평화

빨랫줄 빈 옷걸이에 참새가 날아들고
묽은 안개는 옷을 믿고 의지해 스며든다

마을은 한 바퀴

나무들 귓속
파고든 새떼들
지저귀는 평화

강대국의 텔레비전에 총성과 포연이 거둬질 때까지

누런 빈 대야에 아침 해가 번들거리면

박구경 경남 산청 출생. 1996년 「하동포구 기행」 등 5편이 당선되어 등단. 시집으로 『진료소가 있는 풍경』, 『기차가 들어왔으면 좋겠다』 등이 있다.

詩와 詩

문영규 · 문워크 / 얘들아! / 침몰하는 것들

이규석 · 씨방 / 세월호 그리고 세월 / 사는 법

배재운 · 노점상 / 3·15 / 닮은 이웃

최상해 · 관행 / 서울 / 밖

허영옥 · 중력의 법칙 / 이제 그만 하란다 / 신발장을 정리하다

박덕선 · 경쟁 / 구월 한낮

노민영 · 그 아득한 해방 / '엘리제'를 위하여 / 잊혀진다는 것

표성배 · 잿빛시대 / 분단을 사랑하자 / 통일은 대박이다

이상호 · 유모차 / 구멍가게 / 아내의 외출

문워크

눈길을 끄는 차림새로
무대에 서서 음악에 맞춰
무대 정신으로 사뿐사뿐
앞으로 걷지만
실상은 뒤로 걷는 문워크
광대정신으로 보란 듯
앞으로 걷지만
교묘히 뒤로 점점 물러나는
문워크
관객들의 박수 소리에
신이 나서 V자를 그린다

마이클 잭슨의 문워크는
미국의 문워크
미국의 문워크는
한국에서도 문워크
얼씨구 광대정신 문워크

얘들아!

얘들아!
참담하구나
넋 놓고 너희를 보내고 말았으니
미안하구나 미안하고 미안하구나
미안하구나라는 말도 미안하구나

이것이 인과因果라면
차라리 내가 죽어 물고기가 되어야겠구나
그리하여 너희들이 물 밖으로 나올 수만 있다면
그것으로 너희의 영혼이
정화되고 복될 수 있다면
이것이 정녕 인과라면
물고기인 내가 물 밖으로 나와야겠구나

혼탁함으로 빚어진 이 현실이
말세의 징조라면
어린 영혼들을 데려가서는
이 세상을 구하는
거룩한 용사로 다시 보내 주세요
다시 보내 주세요

미안쿠나 얘들아
그 참담한 마지막까지
아무것도 하지 못한 채
생떼 같은 너희를 보내고
벽 앞에서 목 놓아 너희를 부르노니
얘들아!
불러나 보노니
얘들아!
세상을 건지러
다시 오너라
꼭 오너라
얘 들 아 !

침몰하는 것들

세월호가 침몰했다
세월호의 침몰은, 세상의 침몰은
모든 것은 침몰할 수 있음을 보여 주었다
지구가 침몰할 수 있음을
빅뱅이 일어날 수 있음을
백색왜성이 되고 블랙홀이 될 수 있음을
모든 것을 삼켜버릴 수 있음을 보여주었다

허탈한 가슴으로 비가 내린다
지역선거 벽보의 미소띤 표정들이 젖고 있다
가슴도 젖었다
온몸까지 축축히 젖었다
눈물을 흘리고 있다
흐르는 눈물을 애써 닦지 않고
그들은 말한다
침몰하는 우리 사회를 인양해야 한단다
부양해야 한단다
우리별을 원시별로 되돌릴 수 있단다
주계열성으로 빛나게 하겠단다

씨방

땅은 움직임을 시작했고

마르고 닳도록 쇠를 다루며 배운 기술
동면의 시간 벗어나지 못해
새파랗게 질리도록
끙끙 앓았던 지난 겨우살이

길게 하품하는 기계들 보며
기다림을 포기하고 싶을 때마다
어머님 얼굴이 보였지
아이들 웃음소리 그리웠지

생산의 아픔 있는 자궁처럼
그 고통만큼의 꽃대를 물고
완연해진 봄기운 따라
반가운 소식 하나 열고 싶다

세월호 그리고 세월

2014년 4월 16일
푸른 소리들을 삼켜버린 팽목항

쉬이 쉿 침묵의 그 바다
아직도 오리무중이다

양치기 소년과 늑대이야기처럼
매년
매달
사건 사고가 터질 때마다
일벌백계로 나타나는 근엄한 얼굴

한 번 두 번도 아니고
썩어도 푸욱 썩은 이 뻔한 관행에
세월호에 대책 없이 갇혀서
억울하게 세월이 멈춰버린
단원고등학교 푸른 영혼들

오늘도 영혼들은 살아
잊지 말고 기억하라는 경고소리로

서슬 퍼런 파도로 일어서 있고

돌아보면 빠른 세월
절대 되돌아오지 않는데
나는 왜
또 침묵의 얼굴만 쳐다보고 있는가

사는 법

고향친구와 오랜만에
반갑게 술잔을 마주 놓고 앉았다

절친했던 옛 공통분모를 생각하며
술잔을 쟁강 부딪치는 횟수 늘어갈수록
네가 옳다는 말엔 내가 사족을 달고
내가 옳다는 말엔 네가 사족을 다는
알콜 도수보다 더 높게 살아온 자존심인지
우리의 목소리는 더욱 휘청거렸고

그림자처럼 붙어 즐거웠던 옛 시절
부대낄 이유가 없는 한 몸 같았는데
다르게 살아온
서로의 거리가 너무 먼 것일까
다시 되돌아갈 수 없는
강을 건너버린 것은 아닐까

뾰족하고 날카로운 모난 자존심들
살랑 살랑 닳고 닳아서 정겹고
더욱 살가운 조약돌 되고 싶다

노점상

엉성한 가로수 그늘에 기대
전을 벌린
늙수레한 과일장수

자르르 흐르는
달콤한 유혹으로 손님 잡아끄는
빨간 자두

호각소리에 맞춰 뛰어야 하는
달리기 선수처럼
팽팽하게 긴장한
리어카 한 대

한 폭 그림 같은 풍경 속에
숨어있는
버거운 하루

3·15

저 산에 오를 수 있을까
걱정하고 망설이다
마음잡고 문지방을 넘으니
어느새
산 위에 올라서 있다

느릿느릿 걸어왔거나
달음박질해왔거나
쉬엄쉬엄 올라왔거나
숨 가쁘게 올라왔거나

내가 올라온 산의 높이는
우리 집 문지방 높이와
늘 같다는 것이다

닮은 이웃

보도블록 틈새에서
꽃이 피었다
밟히고 찢긴 구부정한 대궁에
노란 민들레꽃 피었다
커다란 고무대야 끼고
길바닥에 앉은 할머니도
꽃으로 피었다
조개 까다
조개 등처럼 허리 굽은 할머니 얼굴
노란 민들레꽃 피었다

골목 위로
지나가는 짧은 봄볕에
꽃 피었다

관행

축하 인사로 많이 주고받게 되는
난의 머리를 잡고 뿌리째 뽑아 올리자
쑤욱 올라오던 뿌리
그곳에는 여러 그루의 난을 모아 심은 것이거나
너무 작아서 난이라 하기에도 민망하다거나
화분 속에는 큰 돌만 가득하거나
땅콩껍질로 채운 것도 있는데 썩어버린 것도 태반이라고
아나운서는 목소리 높여 난을 한 줄로 세워 놓았다
처음부터 죽은 난이나 자라기 힘든 난을 팔았다는 뉴스보도

난을 보낸 사람들의 정성과 축하에 감사하며
열심히 물을 주고 가꿔도 소용이 없는
쓰레기 수준으로 자행되는 상도덕

어린숨결들을 수장시키고 난
6천825톤급 세월호의 풍채 뒤에는
뿌리째 드러난 썩은 정치에도 모자라는지
일본에서 극찬하는 자

저질러 놓은 일에 대한
진정성 없는 사과만 해대는 몰염치 한이나
국민 앞에 세워놓는
이 안타까움이라니

서울

대여기간 마지막 날 반납 통으로 밀어 넣고
사회문화면 방향으로 꺽어 들었다
800번 방향은 문학편이고
600번 방향은 정치 에세이 쪽이다
아무래도 내가 찾으려는 것보다
아직도 나를 설레게 하는 800번 방향과
나를 분노케 하는 600번 사이에서
언제나 방향을 잃고 만다
마음이 먼저 가는 곳이 길이라고
온 종일 시간에 갇혀있어도 두렵지 않는
선택은 필수가 된다

국철이 철컹거리며 지나는 반대편에
아케이드를 벗어나는 길이 있고
그 길 끝에는 시선을 빼앗는 큰 대형 몰이 있다
그 대형 몰과 마주한 곳에 공동묘지 같은
도서관이 웅크리고 있다
공동묘지와 쇼핑몰 앞에서 어느 쪽이든
쉽게 유혹을 뿌리치지 못하는 것은
분명 사람을 빨아들이는 에이리언이 있기 때문이다

정치도 모르고 대박날 일도 모르는 나는
오늘도 공동묘지에서 길을 찾는다
종일 시간 속에 갇혀버려도 모를
800번 방향을 향해
나는 에이리언이 된다

밖

교회 앞 사거리 신호등이 사방에서 깜빡거린다
처참하다
구급차가 괴성을 지르고
예고된 빗방울이 후두둑 소리를 내며 떨어진다
인도와 차도는 단단한 경계
핏줄이 막히듯 사방이 차들로 막힌다
불구경하듯 호기심과 긴장된 얼굴들이 인도를 메울 뿐
그러나 아무것도 할 수 있는 일이 없다
뒷걸음질 치거나 핸드폰으로 사진을 찍거나
내리는 비를 탓하며 서둘러 돌아서는 발걸음
붉은 벽돌로 둘러싸인 교회도 번쩍이는 네거리 빌딩도
끊임없이 돌아가는 광고탑도 아무 일 없는 듯
그저 정물화된 채 일상이다
점점 쏟아 붓듯이 내리는 빗속에 서서
사고를 수습하는 모습을 보며
나는 팽목항을 생각한다
봄을 잊어야만 했던 진도 팽목항
아직 끝나지 않은 진실게임 그 이름 앞에
아직은 국화꽃을 바칠 때가 아니다

중력의 법칙

중력의 법칙이 아래로 향한다는 것은
얼마나 다행인지

사천왕의 눈 꼬리처럼 올라갔던 눈
다소 순해지면서
싹둑싹둑 자르던 말들도
흐려지는 꼬리를 단다

뼛속까지 야당이셨던 아버지
연습이 없는 삶 속에서
타협할 수 없는 것들과 타협하며
마모된 모습으로
TV속 카메라 세례 받는 여당대표를
겸손한 눈길로 바라보시다
굽은 등으로
만만한 화투짝 내리쳐 두들기신다

이제 그만 하란다

중간고사와 수학여행 앞둔 딸아이
벌써부터 뭘 입을까
어떤 가방을 들까
제사에는 관심 없고
온 정신 젯밥에 가서는
설레발을 치는데

마음 한구석
사월에 바다로 여행가
돌아오지 않은 아이들
지금 눈앞에 부푼 가슴 안은
딸아이와 겹친다

간사한 것이 인간의 마음이라고
세월은 흘러가면 그만이라며
이제 그만 하잖다

아침에 들은 잔소릴 또 듣는 것도 아닌데
이제 그만이라니
수학여행으로 부풀었던 자식의 죽음을

실시간으로 본 부모에게
순수하지 못하다는 오명을 씌우며
이제 그만하라니

아직 가족의 품으로 돌아오지 못한
떠도는 영혼이 있는데
잘 다녀오겠다던 목소리
귓전에 쟁쟁한데
이 옷 저 옷 바꿔 입던 모습
아직도 생생한데

이제 그만이라니
이제 그만하라니

신발장을 정리하다

한동안 반짝이는 콧날
뽐을 내다가
어떤 날은
바쁘게 뛰었거나
뚜벅 뚜벅 걸었거나
비틀비틀 거렸을 것들

네 식구
각자 다른 사연들을 가진 신발들이
문 앞에 수북하여
신발장을 열었더니
그곳 또한
전쟁터에서 돌아온 패잔병들로 만원이다

반짝이던 코는
높고 낮은 곳에 부딪혀 까지고
제 지난 발자국만큼
깊은 주름으로 일그러지고
바닥에 난 구멍으로 낙오된 왼발
날마다 주인을 태우고 달려

못이 드러난 뒤축
유행을 좇아가지 못해 밀린
오래된 사연들로 꽉 찬 미련들

춥고 더운 계절이 지날 때마다
늘어난 것은 성형할 수 없는 상처를
수고했다 쓰다듬으며
분리수거 봉지에 담았다가 꺼냈다가를
반복한다.

경쟁

착한사람으로 살고 싶다는 사람과
착한사람을 만나고 싶다는 사람과
착한사람으로 살면 손해 본다는 사람과
얽히고설켜 먹고 먹히고

첫 번째 그는 착한사람이 아니어서 사납고
두 번째 그는 착한사람 찾아 눈에 불을 켠다
세 번째 그는 착한사람 찾는 사람이 무섭다

그렇게 서로 숨바꼭질 하는 동안

세상은 세 번째 그를 먹고 살이 찐다
나머지 그들은 성장, 발전, 성공의 깃발을 들고
서서히 사라져가는 세 번째 그를 찾아 낸다
그는 이내 간이고 쓸개고 다 빼이고
도시의 뒷거리로 밀려난다

착한사람은 점점 희귀종이 될 것이다

좀 더 착한사람이 좀 덜 착한사람에게
먹히다 보면 그들만의 천국이 기다릴 것이라고
굳게 믿는 경쟁공화국의 상위포식자는

착한사람 제조기를 만들어야 한다고
주린 눈을 번득인다

구월 한낮

진보를 지향한다는 여자와
진보인 척하는 여자와
보수위장 진보인 여자가
한낮에 앉아서
이노무 세상을 안주로
저노무 세상으로 보내고 있다

그 동안에
아이는 휴대폰 속에서 농아가 되어가고

진보가 되고 싶다던 그 여자가
나한테 손해 끼치는 자는 모두 보수라고 하는 찰나
위장 진보 그 여자가
속물을 한 잔 들이키며

왜 지들만 다 해 먹냐고
회칼 같은 나이프를 휘둘러
우적우적 튀김돈가스의 살점을 씹는다

그래도 지구는 돌고

역사는 진보한다던

진보지상주의 그녀는
세월호 아이들 불쌍치만
나중에 역사가 밝혀줄 거니
우리는 밥이나 열심히 먹자고

아이들 눈동자 같은
완두콩을 맛있게 먹고 있다

그 아득한 해방

8.15해방 예순아홉 해를 맞이한 일본 땅
습한 팔월의 열기처럼
답답한 제사상이 차려질 저녁 무렵
임종조차 올 수 없던 딸이
아버지 첫 기일이라고 걸려온 전화
애타게 안부를 묻는 노모가 숨을 몰아쉰다.

잘 지내고 있다는 반복되는 대답을
암호처럼 띄엄띄엄 이어가던
짧은 통화가 끊어지자
노모는 하염없이 자책의 눈물을 훔친다.

징용 간 남편 찾아 밀항한 일본 땅에
열여덟에 안고 갔던 그 딸을
민족해방 위해 간다는 지아비 손에 달려
만경봉호에 실어 북으로 보냈다.

배필은 살을 붙이고 살고

민족은 함께 뭉쳐서 살아야
고통이 없다는 믿음이
모두 빗나간 한평생
구순의 어미는 타국에서
칠순의 자식은 북녘에서 조국을 가슴에 삭혔다.

본 적도 만난 적도 없는 우리
이다음에 다음에 통일이 되면
꼭 만나자고 하는 나에게
반드시 꼭 그렇게 되어야지 다짐하던
그 단호한 대답
북녘에서 걸려온 전화답지 않게
고종 누님의 목소리가 너무 가녀리다.

'엘리제'를 위하여

도저히 인력으로 감당할 수 없는
육중한 무게
탱탱하게 긴장한 쇠밧줄로 감아올려
서서히 롤러를 굴리며 스텝을 밟으면
엘리제를 위한 날카로운 소나타가 울려 퍼진다.

붉은 불빛을 휘저으며
레일을 타고 공중곡예를 하며 연주하는
천정 크레인의 독주
무게중심을 잃거나 줄이 끊어지면
운명을 달리할 수도 있다는 경고음
공장을 울리며 하루 종일
수도 없이 메아리친다.

그 아래
목을 맨 밥줄을 잇기 위해 분주한
아슬아슬한 고난이도의 작업
용접 불빛이 오선지를 긋듯 번쩍이고
여기저기 높낮이가 다르게 울려 퍼지는
망치 소리 그라인더 소리

도돌이 박자를 맞추는 기계소리가
생존을 위한 곡조를 써내려간다.

사랑하는 이를 위해
모든 것을 생산할 수 있고
어떠한 삶의 리듬도 감당하는
이 모두는
사랑하는 이를 위해 바치는 운명 교향곡이다.

* 일명 〈엘리제를 위하여〉로 불리는 이 피아노곡은 베토벤이 사랑하던 여인을 위해 작곡한 곡이다. 이 곡의 일부를 녹음하여 위험 신호로 활용하고 있다. 특히 공장 크레인 운전 시에 많이 사용되고 있다.

잊혀진다는 것

세월이 가면
잊혀진다는 말
잊혀져보지 않으면 모른다.

천 년이 넘도록
제 몸을 녹여 빚은 날카로운 비수로
제 몸을 찌르는 종유석이 자라고
차디찬 물에 뼈를 깎아
닳고 닳아 텅 빈
아무도 모르는 캄캄한 동굴이 된다는 것

그 흔한 한 가닥 빛조차
들지 않는 곳에서
까마득히 잊혀진다는 것

세월이 가도
잊어지지 않는다는 말
잊혀져보면 안다.

내 곁에 없기 때문에

혼신이 녹아내려
온전하지 못하는 그 이유를

잿빛시대

푸른 빛깔은 꿈의 침대
나 침대에 누워 꿈을 꾸는 꿈을 꾸지만
꿈 없는 아침이 하나 두렵지 않아요
보이는 것은 하나의 빛깔
만져지는 것도 하나의 빛깔
무슨 빛깔의 마음을 모아 깨진 조각을 맞추나요
하나의 퍼즐이 완성되는 시간 앞에
할 수 있는 것은 아무것도 없었어요
빛의 최후를 목격한 이들이
하나의 빛깔 앞에 서로의 촛점을 맞추었을 뿐
내일 아침에 나눌 꿈 같은 것에 대해서는
어느 누구도 관심의 손을 건네지 않았어요
각각의 빛깔을 거부하는
저 어두운 자본의 손에 조종되는 시간을 사는
그래요 아빠 엄마도 그날 함께 침몰한걸요
2014년 4월 16일에 멈춘 시간이
팽목항에서 광화문으로 솟구치더니
광화문에서 팽목항까지

굽이굽이 지천을 따라 흐르고 있어요
이제 잿빛시대의 완성이 얼마 남지 않았어요
보세요 비스듬히 기울어지던 세월호가
각각의 빛깔과 꿈을 함께 침몰시키고 있잖아요

분단을 사랑하자

꼭 통일이 와야 하는 것은 아니다

다만 분단의 종식을 기원한다*

그렇다

이 지긋지긋한 진흙탕의 시간을 끝낼 수 있다면

나 통일 대신 분단을 사랑하리라

평화통일이라는 말이 수사에 불과하다는 것은

통일을 원할수록 통일은 더 멀리 달아나고 있다는 것이

지배 권력이 바뀔 때마다 증명되고 있다

분단의 장벽을 걷어 내느니 분단의 고착화를 인정하자

대한민국이 조선민주주의인민공화국을 인정하고

조선민주주의인민공화국이 대한민국을 인정하는

이제라도 분단을 인정하고 분단을 사랑하자

거기서부터 출발하자

* 박철의 시 「해빙12」에서 가져옴.

통일은 대박이다

– 2014년 1월 6일 박근혜대통령 신년기자회견을 보면서

남에서 컹컹하면 컹컹하고
남에서 야옹하면 야옹하고
남에서 음메하면 음메하고
남에서 꿀꿀하면 꿀꿀하고
남에서 메에하면 메에하고

북에서 메에하면 메에하고
북에서 꿀꿀하면 꿀꿀하고
북에서 음메하면 음메하고
북에서 야옹하면 야옹하고
북에서 컹컹하면 컹컹하고

그래야 남과 북이 북과 남이 대박 난다
그런데

컹컹하면 메에하고
야옹하면 꿀꿀하고
음메하면 컹컹하고
꿀꿀하면 음메하고
메에하면 야옹하고

야옹하면 메에하고
음메하면 꿀꿀하고
컹컹하면 음메하고
꿀꿀하면 야옹하고
메에하면 컹컹하는

남과 북이 북과 남이
백주대낮에 벌거벗고 대박 꿈만 꾸는

유모차

교차하지 않는 바퀴가
교차하는 두 다리를 끌고 간다
아니다 한 생을 이끌고 간다

쓰다 버린 유모차
동네 할머니들 하나 둘 의지하더니
오후 햇볕 맞으러 유모차 부대 모였다

울음소리 사라진 자리
살아온 흔적을 주우려는 듯
폐지 깡통 병들 자리 잡고
직립보행의 힘찬 손길 사라진 자리
굽은 몸 지탱하려 한껏 엎혀져 왔다

삶의 애환과
삶의 흔적과
삶의 자락이

반사되는 빛으로 유모차를 지킬 뿐
모두가 말이 없다

구멍가게

골목 입구 구멍가게는
물건을 사는 사람보다
물건을 갖다 놓는 사람이
더 많다

오십여 년을 지켜 온 가게는
늘 장승처럼 골목 입구를 지키고
새벽부터 한밤까지
부부가 교대로 나오는데

손재주 좋은 김 영감님
냉장고, 선풍기, 텔레비전, 탁자 등
나오기만 하면 장인처럼
뚝딱뚝딱 고쳐

텔레비전도 켜 놓고
선풍기도 틀어 놓고
간이 평상도 만들어
누구나 함께 하는데

오늘도
거나하게 취한 어르신들
선풍기 바람 맞으며
텔레비전 소리보다 크게
한자리 하신다

아내의 외출

아내의 발걸음이 무겁다

가끔씩 내쉬는 긴 한숨이
정적을 깨기도 하지만
이내 사라질 뿐
침묵은 속으로 삭혀든다

우연히 보았다는 장인의 유언장
죽기 전 가족들과 영화보기 외식하기
1박2일 여행가기

너무 쉬워 생각도 해 보지 않은 소원
시집, 장가 간 자식들에게
차마 하지 못한 말들

혈액암으로 시한부 아닌
시한부 삶을 사는 날들

평생을 간직해 온 소원 만들기 위해
아내는 무거운 외출을 준비한다

안녕하지 못한 통일에 대하여

노민영

문영규

박덕선

배재운

이상호

이규석

최상해

표성배

허영옥

노민영

요즘, 세계의 여러 나라들이 독립과 통일을 두고 몸살을 앓고 있다. 지난 우리나라도 무수한 전쟁과 지독한 식민과 쓰라린 분단을 모두 다 겪었다. 그리고 다시 통일이라는 과업을 두고 남과 북은 수도 없이 교류와 단절을 반복하며 적당한 명분을 찾지 못해 그렇게 소원하던 통일을 수십 년을 미루고 있다.

약육강식의 논리로 본다면 군사, 경제, 의식, 삶의 질 등에서 북한을 앞서있는 남한이 북한을 한 식구로 끌어당기지 못하는 것은 이해하기 힘든 논리다. 북의 핵 포기만을 최대 이슈로 부상시키는 세계여론에 떠밀려 정작 남북 간의 당사자들은 통일에 대한 다른 이슈를 설정하지 못하고 머뭇거리는 형국이 아쉽다.

양자 간의 명분과 국가적 큰 틀의 통일비전을 앞세워 조건부로 진행해온 전제적인 방식은, 여태껏 미뤄진 통일로 보아 이젠 진부한 방식이다. 특히 국가 간의 교류는 민감하기 때문에, 서로에게 부담스런 정면 돌파보다는 자연스런 유대강화의 분위기 조성 위에 성립되는 협상으로, 양자 간의 입지존중에 따른 결실을 충분히 얻을 수 있다고 본다.

통일은, 그것도 한 민족의 통일은 민족의 정서를 융합해가는 끊임없는 노력이 전제되어야 한다고 본다. 그러려면 남북 간

민간교류를 다각적으로 활성화해서, 아래로부터 통일의 요구가 극대화될 수 있도록 남북 정부 간의 노력이 어느 때보다도 요구된다고 생각한다.

남한의 대북지원 미끼에 북한은 변덕과 도발로 대응하여 서운하지만, 통일의 대어를 낚기 위해서는 형편이 나은 남한이 끊임없는 미끼를 던질 수밖에 없다고 본다.

올해 2014 아시안게임이라는 무대에 남과 북은 다시 스포츠라는 명분으로 한자리에서 만남을 가졌지만, 그 계기를 통일로 잇는 분위기로 이끌지 못하고 남남처럼 또 헤어지고 말았다. 우리는 정작 통일을 원하기는 하는 것인가?

문영규

그렇다 당위성이다.

통일은 너무나도 커다란 당위성이다. 살펴보면 볼수록 온몸을 전율케 하는 당위성, 이 정도라면 분명 물리적인 힘이 작동하고 있을 것이다.

작은 물방울조차도 서로 가까이 두면 인장력이 생겨 한 덩어리가 돼 버린다. 하물며 이 거대한 당위성이야 말해 무엇 하겠는가. 그럼에도 불구하고 우리는 왜 벽 앞에서 좌절하고 몸서리쳤는가. 무지함 때문인가 자존심 때문인가 권력층의 기득권 때문인가 여하한 이유였든 간에 역사의 소용돌이 그 흐름의 선상에서 밀도가 높아진 통일의 당위성은 머지않아 실체를 드러내고야 말 것이다 물리력은 사소한 이유들을 흡수해 버리고 거부할 수 없게 하는 힘이 있으니까 말이다.

인천 아시안게임 경기 중에 한반도 깃발을 흔들면서 북측 선수들을 응원하는 사람들을 보았다. 그렇다. 작은 실천이지만 개개인의 입장에서 할 수 있는 통일노력의 본보기가 아닐 수 없다. 그리고 아시안게임이 폐막되는 날 북측의 고위층이 참석한 것을 보면서 어쨌든 보기 좋았다. 이어서 대화의 물꼬가 트이지 않겠나 하는 희망을 가지기에 충분했다. 정치권의 노력이 가장 우선돼야 하지만 개인의 입장에서도 통일의 당위성을 주위에 인식시켜 줄 수 있기를 소망한다.

통일 안녕한가? 그렇다. 여전히 안녕하다 낙관한다.

박덕선

우리는 분단의 시대에서 태어나, 50년을 넘게 살고 있다. 말과 문자를 알고부터 아니, 듣기가 가능하고부터 통일은 우리의 공기와 물, 바람과 같이 오지 않으면 살 수 없는 절대적 당위였다.

새벽 정한 수를 떠놓고 비는 할머니나, 교회 새벽기도에 앉은 목사님이나, 삼경에 면벽수도 하는 스님이나, 첫 말은 통일이 되게 해달라는 기도였다. 그래서 국민공통의 소원이었다. '통일' 이것만은 남북이 하나였다. 우리 국민들이 가장 많이 불렀을 노래였다. 그런데 그 통일이 이상해졌다. 각기 저마다의 통일로 나눠져 있었다는 걸 어른이 되기 전까지 내가 몰랐던 것일까? 북이 말하는 통일과 남이 말하는 통일과, 보수가 말하는 통일과 진보가 말하는 통일이 서로 다르다는 것이다.

"여보야 춥다. 같이 자자." 이선관 시인의 시구처럼 통일은 이런 것이어야 한다고 생각했다. 그러나 참여정부의 통일이 다르고 이명박 정부의 통일이 다르고 박근혜 정부의 통일도 다르다. 통일은 하나여야 하지 않은가? 하나 되는 것이라고 통일인데…… .

저마다 제 생각으로의 통일에 분열만 깊어졌다. 뭘 통일하자는 것인가? 그래도 통일이어야 한다는 우리의 시대적 명제는 하나의 상징구호처럼 그저 하늘에 떠있는 단어가 되어버렸다. 아이들은 이제 통일이 싫다 한다. 이유야 또 있겠지만, 어른들의 애매한 말 전쟁에 지쳤을 것이다. 북한이 있어 통치가 훨씬 쉬운 보수는 아직도 빨갱이, 좌파론으로 선거에서 이겨먹는다. 죽고 없을 것 같은 통일이 이때에는 시퍼렇게 살아난다. 이 무슨 망령인가? 북한을 적으로 몰아붙일 때만 써먹는 통일, 하나 되는 게 이런 거라면 안 하는 게 낫다. 이쯤에서 내가 통일하지 말자고 아이들처럼 말하면 아마 나는 매국노가 될 것이다. 국회에서도 유일하게 만장일치인 불문율이니까. 통일이 대박이라고 선언했던 대통령의 대박은 어떻게 온다는 것일까? 대박에 지친 나는 이제 통일, 오거나 말거나 한다.

통일을 주제로 다뤄보자고 처음 논의 되었을 때 시작되었던 피로가 아직도 남아있다. 통일 어디로 가야 할까? 그것부터 고민해 보아야 할 것 같다.

배재운

통일은 우리에게 무엇이며 어떻게 통일로 가야 하는가? 이 물음에 대답하기가 쉽지 않다. 우리 스스로가 이데올로기에 꽁꽁 묶여, 교과서적인 얘기 말고는 통일에 대해 활발한 토론을 해 본 적이 없기 때문이다. 그러니 통일을 얘기하려면, 먼저 묶인 것부터 풀어야 한다. 해외여행도 자유로이 오가는 시대에 왜 우리 이산가족들은 부모형제를 코앞에 두고, 죽도록 만

날 수 없는 걸까? 타국에 나가 봉사활동도 하는데 왜 동족인 북한 주민과 어린이를 도울 수 있는, 그런 길은 트지 못하는 것일까? 식민과 분단의 원흉인 일본과도 전쟁 책임의 한 축인 러시아와 중국과도 교류하고 협력하는데, 정작 같은 민족이요 부모형제인 북하고는 왜 못하는 걸까? 북이 통일 상대라면, 북에 대한 경제적 지원이 통일로 가는 한 방편이라면, 통 크게 그쪽 자존심도 살려 주는 방법, 받는 쪽도 뿌듯하고 주는 쪽도 흐뭇한 장학금처럼 그렇게 지원할 방법은 없는 것일까. 우리가 자존을 지키고 세계일류로 가는 길에는 통일이 필수라고 얘기들 하면서도 왜 이런 기본적인 문제도 풀지 못하고 70년 세월을 허비했을까? 가슴 뛰던 통일 얘기가 지금은 왠지 억울하고 답답하고 화가 난다.

분단은 우리가 원해서 된 게 아니다. 그러므로 통일도 우리가 원한다고 해서 쉽게 이루질 것이라고는 보진 않는다. 미국, 중국, 일본, 러시아 등 주변 강대국들이 겉으로는 우리의 통일을 반대하진 않는다고 말하지만, 속으로는 어떤 꿍꿍이속을 갖고 있는지 모른다. 그들은 자국의 이익을 위해 최선을 다할 뿐이지 대가 없이 우리를 돕진 않을 것이라 본다. 그러므로 우리의 통일 문제지만 주변국 눈치를 봐야 하고 또, 열악한 북한 경제가 점점 중국에 예속화되고 있다 하니, 시간이 갈수록 통일은 더 어려워질 수밖에 없을 것이다. 통일 대박론도 좋고 그 무엇도 좋다. 우리가 통일에 대한 자신감과 의지가 확고하다면 상대방이 좀 까다롭고 밉고 억지스럽다 해도 존중하고 배려하는 품 큰 자세로 초등학교 학급회의하듯 월드컵 축구 응원하듯, 그렇게 풀고 뭉쳐 쉬운 것부터 해결해 나가는 것이 통일로 가는 길이 아닐까? 그저 지켜볼 수밖에 없는 것이 안타까울 뿐이다.

이상호

TV 앞에서 온 국민이 울음바다가 된 적이 있었다. 분단 이후 삼십여 년 만인 1984년 처음 남북 이산가족 상봉이 있었다. 그 이후 또 삼십여 년이 훌쩍 지나가고 있다. 변한 것은 하나도 없다. 한 핏줄 한 민족을 외치고 있지만 외침일 뿐이다. 오히려 남북 간 왕래는 더욱 얼어붙었고, 철조망은 더욱 견고해졌다.

그런 시간 앞에 이제 분단1세대는 역사 속으로 사라져가고 있다. 전쟁의 아픔과 이산離散의 고통을 직접 몸으로 겪은 세대들과 그렇지 않은 세대들이 느끼는 통일에 대한 간절함이 어찌 같을 수 있겠는가? 하루 빨리 통일이 되어야 하는 이유 중 하나가 여기에 있는지 모른다.

이번 통일에 대한 기획시를 쓰면서 통일을 왜 해야 하는지에 대해 내 자신 지금까지 깊은 고민이 없었던 것을 고백한다. 또 부끄럽게 생각한다. 그래서 내가 가르치는 아이들에게 왜 통일을 해야 하는지에 대해 물어보았다.

한 번도 진지하게 배워 본 적 없고 생각해 본 적 없는 아이들, 핵폭탄의 위력을 어렴풋이 아는 놈들이 공상과학 영화 같은 이야기를 던질 뿐이다. 핵만 있으면 강대국이 되느니 일본을 이길 수 있다느니 전쟁의 참혹함보다는 막연한 이야기들이 쏟아져 나왔다. 그렇다. 현실이다. 왜 통일을 해야 하는지 아이들에게 가르치는 선생이 없다. 아니 가르칠 수 없는 제도가 더 문제이다.

학교에서 통일을 가르치려면 독립운동을 하던 조상들처럼 목숨을 걸어야 하는 것이 현실이다. 누가 먼저 목숨을 걸겠는가? 조국의 독립을 위해 목숨을 바쳤던 선조들처럼,

이규석

초등학교 다닐 때부터 "부르고 불렀다/ 또 부르고 부"르다 보면 "금방" 통일이 "올 것 같아/ 목이 메이도록 불렀다"(졸시 「낮달」 중에서). 우리의 소원은 통일.

국민 대부분이 이 노래로 위안을 삼았다기보다는 당연한 일인 양 불렀다. 통일과 관련된 행사나 한국전쟁의 참상을 이야기할 때도 마지막은 언제나 '우리의 소원은 통일'이었다.

예순을 바라보는 나이가 되어서야 내가 불렀던 노래의 한계가 선명하게 보이는 것은 너무 늦었지만 다행이다. 돌아보면 말로만 통일이었던 것이다. 입으로만 통일을 외치고 뒤로는 자신의 이익을 위해 득과 실을 따져 통일의 논리를 대입했던 지난 시절의 위정자들, 민족의 앞날보다는 전쟁으로 갈라져 있는 국민정서를 잘 이용해 자기 잇속만 챙기는 남과 북의 정치인들의 민낯, 이번 동인지 기획시를 쓰면서 그 민낯을 정면으로 볼 수 있었다.

논에 물이 넘나들도록 만들어 놓은 좁은 통로를 물꼬라고 한다. 물꼬가 한 해 농사를 좌우하는 것은 그만큼 중요하기 때문이다. 어디서 막혔나 민족의 앞날을 좌우할 통일의 물꼬는, "흐를 것은 흘러야"(이하 졸시 「뚫어」에서 인용) 되는데 그렇지 않고 "막히면/ 고약한 냄새 진동"하는 것은 자연의 이치일 것이다. 지난 60여년의 시간을 돌아보면 "서로 내 탓은 없고/ 네 탓만 손가락질"하면서 보냈다고 하면 통일 운동을 한 여러 선배들이나 단체에서 욕할지 모르지만 현실은 그랬던 것 같다.

지난 60년 감쪽같이 속았던 내 가슴이 언제쯤 뻥 "뚫"릴 것인가. "고의성 짙은 저 날카로운 38철조망"을 어떤 "엿장수"가 엿판을 통째로 던져 주고 걷어 갈 날이 있을까? 이대로 간다면 "아나 콩콩이다" 통일.

최상해

통일의 정의를 보면 '나누어진 것을 하나로 합침', '여러 요소를 서로 같아지게 맞춤', '다양한 여러 요소들이 서로 연관되어 떨어질 수 없게 함'이라고 정의하고 있다. 나누어진 것을 합치기 위해서는 서로 같아지게 만들어야 하고 그러기 위해서는 서로 연관되어 있어야 하고 참 어렵지 않는가? 같으면서도 다른 것 같고 다르면서도 또 같은 것 같고 남과 북 북과 남 남북 북남 한반도.

피아노는 흰건반과 검은건반으로 구별되어있다. 흰건반은 기본 도레미파솔라시도 소리를 낼 수 있고, 검은건반은 사이음으로 한 건반이 두개의 이름을 지니고 있다. 이명동음異名同音이라고도 하는데 여러 소리가 합쳐져서 하나의 공명이 되는, 통일은 그런 것이 아닐까. 국어사전의 정의처럼 기계적인 합침이 아니라 서로 떨어질 수 없게 만드는 것이 아니라 연관되어 있다는 것에 더 포인트를 잡아야 하는.

예술은 이념을 초월하는 곳에 존재한다. 예술은 순전히 개인의 사상의 표현이기도 하지만 또한 개인을 뛰어넘어 사회와 국가의 경계마저 허무는 것이다. 이번 『통일, 안녕하십니까』 기획시를 쓰면서 스포츠와 예술을 통해 통일을 말해보려고 했다. 가장 인기 있다고 하는 야구와 내가 몸담고 있는 오케스트라를 통해서 말이다. 통일에 접근하는 방법을 남과 북의 지도자들이 몰라서 못하는 게 아닌 줄 삼척동자도 안다. 슬픈 일이다. 더 나아가 이제는 스포츠와 예술에서조차 통일을 말하지 못할 정도로 참담한 시간을 보내고 있다. 그래도 시인詩人만은 통일을 노래해야 하지 않겠는가?

표성배

2014년 1월 6일 박근혜대통령은 신년기자회견에서 "통일은 대박"이라고 말했다. 확실히 대박이 맞다. 평화 통일을 이룬다면, 평화 통일을 이루기 위해 노력하고 있다면. 그런데 남북의 길이 막히고 이산가족상봉마저 정치적 잣대를 들이대는 판인데 누구에게 대박일까? 그 말은 듣는 사람들에 따라 다르게 들렸을 것이다. 다 아는 이야기이지만 통일은 혼자서 하자고 해서 되는 게 아니다 상대가 있기 때문이다. 특히 입으로 통일이 되는 것이 아니라는 것은 개나 소나 다 아는 이야기다. 그런데 입으로 통일을 하려는 이들이 있다. 개가 소가 웃을 일이다.

돌아보면 지난 60년 동안 남과 북은 대표자나 기구를 통해 1972년 7.4남북공동성명을 발표하고 1991년 남북기본합의서를 천명하였으며, 집권세력이 바뀌고 나서야 2000년 제1차 남북정상회담을 통해 6.15공동선언을 발표하였고, 2007년 제2차 남북정상회담에서 10.4선언을 발표하였지만 십 년의 공든 탑이 무너지고 말았다. 답은 정권을 누가 잡느냐이다. 이명박 정부에 의해 사실상 평화 통일은 물 건너 간 것이라고 봐도 될 것이다. 이런 역사의 기류라면 내 짧은 소견으로 한반도 통일은 되지 않을 것 같다. 이유는 앞으로 소위 진보가 정권을 잡기에는 역부족이기 때문이다. 왜냐면 사람은 지킬 게 많으면 보수가 되기 때문이다. 먹고 살 만하지 않는가? 물론 하루 한 끼 밥을 못 먹는 사람들이 널렸지만 모든 경제지표는 이제 밥 못 먹는 사람들은 없다고 꼿꼿하다. 졸시 「통일은 대박이다」에서 "남과 북이 북과 남이 대박"나려면 "남에서 컹컹하면", "북에서 컹컹"하고, "북에서 음메하면", "남에서 음메"해야 하는데 "남에서 야옹하면", "북에서 꿀꿀"하고 "북에서 야옹"하면 "남에서 컹컹"하니 "남과 북이 북과 남이/ 백주대낮에 벌거벗고 대박 꿈만" 꾸고 있으니 어찌 통일이 되겠는가?

결국 통일을 위해 무엇을 해야 할 것인가를 정확하게 보는 것이 중요하다고 본다. 그게 올해 우리가 기획한 통일 기획시의 주제인데 사실 기획시의 주제를 잘 살려내지 못한 것 같아 스스로 안타깝고 부끄럽다.

허영옥

딱 500원어치이다. 우리에게 허락된 통일, 그 이상도 이하도 아니다.

망원경을 통해 가깝게 당겨졌지만 희미하게 보이는 저 전망이 현재의 통일에 대한 미래는 아닐까? 60년을 불러도 대답 없는 메아리가 된 '우리의 소원은 통일'. 한여름 매미 울음소리보다 감정 없는 노래가 되어버렸다. 다시 한 번 망원경 배 속으로 동전을 밀어 넣어 본다.

땡그랑- 동전 떨어지는 소리 너머 눈앞으로 다가오는 희미한 통일.

통일이 무엇인지, 공산당이 무엇인지도 모르던 국민학교 시절, 등하교 시간에 가슴에 손을 얹고 외우던 국기에 대한 맹세와 규칙적으로 반공교육을 받으며 붉은 괴물을 그리던 그때 말고, 지금까지 살아오면서 통일에 대해 이렇게 깊이 생각해 본 적이 없었던 것 같다. 60여 년의 분단에 대해, 통일에 대해 무신경해져 버린 것이다. 아마 분단의 아픔을 겪은 세대에서 머리에 새겨질 정도의 반공 교육을 받은 세대로, 한 번도 절실한 무엇을 느끼지 못한 세대로 이어지는 동안 통일이란 말은 구시대의 유물이 되지 않을까?

통일에 대한 기획시를 쓰면서 느낀 것은 통일을 해야 된다는 당위성만 있었지 '어떻게'는 늘 빠져 있었다는 점이다. 아니 그 어떻게에 대해 어떤 장벽을 만들어 놓고 아무것도 모르는 나 같은 사람들이 자꾸 무미건조한 노래만 하게 하는 것 같다는 막연한 생각까지 들었다.

아무리 김산의 '아리랑'을 노래하고 이사부의 '독도'를 가슴에 품어도 확연하지 않은 '벽'을 부수지 않는 한 앞으로도 우린 딱 500원어치의 통일에 만족해야 할지 모른다는 생각이 들지만 아직은 그래도 같은 곳을 보고 걷는 사람들이 있어 참 다행이라는 위안을 한다.

〈객토문학〉 동인지 및 동인의 책

동인지 및 기획시집

제1집 『오늘 하루만큼은 쉬고 싶다』(다움, 2000)

제2집 『퇴출시대』(삶이보이는 창, 2001)

제3집 『부디 우리에게도 햇볕정책을』(갈무리, 2002)

제4집 『그곳에도 꽃은 피는가』(갈무리, 2004)

제5집 『칼』(갈무리, 2006)

제6집 『가뭄시대』(갈무리, 2008)

제7집 『88만원 세대』(두엄, 2009)

제8집 『각하께서 이르기를』(갈무리, 2011)

제9집 『소』(갈무리, 2012)

제10집 『탑』(갈무리, 2013)

제11집 『통일, 안녕하십니까』(갈무리, 2014)

배달호 노동열사 추모 기획시집 『호루라기』(갈무리, 2003)

한미FTA반대 기획시집 『쌀의 노래』(갈무리, 2007)

동인의 책

문영규 시집 『눈 내리는 저녁』(2002)

시집 『나는 오늘 외출 중』(2014)

박덕선 풀꽃 이야기 『풀꽃과 함께하는 건강약초 126선』(2013)

배재운 시집 『맨얼굴』(2009)

이규석 시집 『하루살이의 노래』(2007)

이상호 시집 『개미집』(2007)

표성배 시집 『아침 햇살이 그립다』(2001)

시집 『저 겨울산 너머에는』(2004)

시집 『개나리 꽃눈』(2006)

시집 『공장은 안녕하다』(2006)

시집 『기찬 날』(2009)

시집 『기계라도 따뜻하게』(2013)